KB118407

있음으로
주원익 시집

문학동네시인선 064 주원익

있음으로

시인의 말

아무것도 아닌 말과 침묵하는 문장들 사이
공백과 무한의 세찬 갈라짐으로부터
시는 시인을 낳아준다.

아직, 별들의 음악은 회전하고 흩뿌려지며
밤낮없이 흘러가고 있다.

거슬러갈 수 있게,
혼돈의 길목에서, 없는 길을 보여준
친구들에게 감사드린다.

2014년 11월
주원익

차례

2부 하얀 돌

3부 겹침

1부

재의 꽃

눈물, 항해자들의 별

성층권, 젖은 꽃잎들 잠겨드는
당신의 수면으로
바다는 꿈 없는 잠처럼 밀려온다

북쪽 하늘이 구름을 벗고 극지의 벌거벗은 땅들을 지킬 때
돌아오지 않는 외침 소리를 뚫고
흐르는 설원

눈동자 속에서 수은처럼 구름이 끓어오른다

말라붙은 꽃눈 아래
잠든 대륙들
얼음의 늑골이 시야를 막으며 묵음 속의 투명함을 깨뜨
리고

아직 발음되지 않은, 물의 반짝임으로 폭풍은
구름의 변방을 일깨운다

말들이 혀끝을 떠났을 때
초록의 수면이 피어나고

미간을 덥히는 꽃잎들
붉고, 희디흰, 검정의, 금빛

하늘이 멀어지고

소용돌이치는

별, 바라보는 눈에게 흘러드는
거울의 바다에서
항해자들은 무언을 약속한다

너무 가까운 너머의

나, 너, 그것, 그들, 우리
사라짐, 가까운 그늘
아무것, 누구나, 모든 것이
스며들고 태어나는
사이, 나는 어디에 드리우는가

*

무엇이나 적이나 합일이나
적대의 유구한 타오름으로
먼지, 불꽃, 그것들, 무한의 자식들이
우리를 낳고 언어를 가두고
쇠창살의 그림자를 드리운다

이것, 당신, 저것, 시간에 걸린
꽃송이들의 꽃, 밤의 낮으로 발화한다

시야를 방랑하는
아무것, 모든 없음 또한
시간이 걸린다

*

사이에 걸린 사이

우리, 그들, 그대, 이것,
내가 드리우지 않는 너머의 그늘
누군가 피어나는 적막의
광막함, 들리지 않는 사이

*

시는 공기를 타오름으로
재를 남기지 않고, 새벽
가득 차오르는 재
그러나 시간이 걸린다

나,
            너,
                    그것,
            그들,
세계,

*

끝의 시작

미래의 책

너무 많은 구름의 문장들을
나는 건너왔다
책장을 펼치면 나는 소리 없는 번개처럼
흘러가버린다
지금 막 열리고 있는
행간 밖으로
쓰여지는 순간 나는 완성되고
온전히 허물어졌다

당신은 너무 많은 구름의 문장들을
건너왔다 나를 펼칠 때마다
당신은 시간처럼 넉넉한 여백이 되었다

고요하게 타오르는 순간의 페이지들
잿빛 구름을 뚫고
버려진 왕국의 미래가 펼쳐진다
아직 태어나지 않은 불길 속에서

나는 보이지 않는 폭풍처럼
다가오는 당신의 문장들을 가로지른다
내가 책장을 덮는 순간
당신은 이미 흘러가버린 침묵

하늘과 바다가 입맞춤하는
그 아득한 지평에서
당신은 처음 나를 건너왔다
읽혀지는 순간 나는 완성되고 온전히
허물어졌다

한 권의 책이 미래처럼 놓여 있다
너무 많은 구름의 문장들을 나는 건너왔고
당신이 나를 건너가는 동안
미래는 이미 흘러가버린 문장들

침묵은 침묵 속에서 지속된다

자오선

내일이 지나갔다

음화처럼 헛되지 않게 그러나

세계는 정박하지 않는 꿈

내륙에서 장밋빛 너울이 밀려온다

하늘로 흐르는 불의 음악

홀로 타오르는 돛배의 붉은 돛

어제의 필름이 구름 속에 인화되고 있다

꿈꾸는 몸들은 바다를 항해하는 침대에 폭풍을 싣고,

쏟아져내리는 파도처럼 깨어난다

그러나 세계는

시간을 기다리는 꿈

내일이 지나간다

어둠이 깨어나면 떠나가는 물결들

아직은 떠나가지 않은 물결 소리

공백의 악보

나는 다시 이것을 가리킨다

사로잡힘,

음악이 사라진다는 말

이것은 사라지지 않는 말이다

타오르는 구름의 선율을 거슬러오르며

죽어 있고 죽지 않는 천사들

들리지 않는 합창이 흘러내린다

음악이 그친다 그치지 않는 공기의 떨림,

이것은 사로잡히지 않는 말이다

구름의 해일처럼 시선은 시선으로 밀려가고

들림, 이것은 여기에 없고 재를 흘리며

입을 벌린다

있음으로 떨리지 않는 말, 죽어 있고 죽지 않는 노래

지저귀는 동물들의 주검을 떨치고

날갯짓이 송가를 거슬러오를 때

사라지지 않고 사로잡히는

이것으로 사로잡히지 않고 살아지는

낙원, 사라지는

있음으로

재의 꽃

꽃은 밝혀질 수 없다

밝을수록
당신을 밝힐 수 없다
당신은 다가설 수 없다

한 송이 세계가 휴식하는 밤

침묵이 밝혀질 수 없다 밝혀질수록
침묵을 밀어낼 수 없다
꽃이 멀어질수록 불의
꽃을 밝힐 수
없다

당신은
타오를 수 없다
타오를수록
불꽃에 다가설 수 없다

밝혀진 것이 아닌
침묵의 밝음이 사라지지 않고

밤의 재로 번져가는 꽃 번져가는 불

불길 바깥으로 물들어가는
사라짐을 적을수록
타오름을
적을 수
없다

꽃을 밝힐 수 없다

망각된 밤

당신은 말을 닫습니다

그 나무들을 기억할 수 없습니다
당신이 보이지 않습니다

우리에게 남겨진 꿈들은
밤을 허락하지 않습니다

홍예처럼 구부러진 나뭇가지들 사이

당신은 우리에게 남은
말을 닫습니다
그 나무들은 기억할 수 없습니다

입맞추던 시간들은 멀리 꽃을 피우고
열린 문 앞에서 우리는

밤을 기다리지 않습니다

당신을 위해 남겨진 공백으로 우리는
당신의 말을 닫습니다

아직은 우리가 아닌 기억으로

당신을 기억하지 않습니다

영원을 잊은 나무들이 밤을 꿈꾸고
흰빛 속으로 타오르고 있습니다

기다림의 내륙에서

곶을 맴도는 바람, 곶을 맴도는 당신

햇빛은 폐허의 싸움터를 어루만지며 그늘을 쏟아내고

장미들이 울타리의 흔적을 더듬으며 뻗어나간다

해변을 포위하듯 솟아오른 물결 소리

파도의 울림이 이명 속에 갇힌 꽃송이를 열어젖힌다

벌들의 잉잉거림을 따라 밀려나가는 티끌의 흐름처럼

그치지 않는, 무음의 배경으로

당신의 눈동자에 되비치는 환영의 눈동자를 건너가는 바다

장밋빛 모음의 화환을 씌우고 화환의 전언을 벗기며

선율 바깥으로 늘어서는 화음과 곶의 거리

파도가 일으키는 미답의 고원들, 흐르지 않는 당신

잠든 대륙으로부터 푸른빛 파도의 악장을 움직여가는 무

한을 본다

　수평선이 옥빛에서 어두운 갈맷빛으로 밀려갈 때

　초록이 빛을 통과하며 투명해지는 단어와 먼지의 영역들

　기다림은 잠들지 않는 말들의 내벽을 무너뜨리고

　아직 깨어나지 않은 파도의 무덤을 덮는다

　흰 포말들이 부서지는 꽃잎의 가장자리 폐허의 그늘에서

　당신은 장미를 휘감아 도는 티끌처럼 난바다의 무음을 일
으키고

　붉은 빛을 쏟아내며 미끄러지는 거품들

　곳을 맴도는 기다림의 내륙에서

　시선은 잠들지 않는 물결을 일으킨다

모래의 책

흘러나옴이, 목소리를 앞지르고
너무 늦게 도착한 길들이
저녁의 돌풍을 받아들인다

책장을 덮고 필경사는
찬가를 부른다
당신이라는 넘어감도 아직 바람의 문장을
넘어가지 못하고

천사들의 잠 속에서 불의 기둥들이 자라난다
대성당 천장, 황금빛 비늘들이
천 개의 눈동자가 박힌 날갯죽지를 타고 흐를 때

그 모든 바람들이 밀려오는 광활의 저편으로
사라지는 낙원들

하늘 무덤 속에 잠긴 두 손을 꺼내어 펼치면
향유처럼
모래는 흘러내린다

노래가 무덤을 열고 누군가의 입속으로 흘러들 때
고향의 하늘이 미끄러져간다

검은 날갯죽지는 악보를 털어내고
벌어진 입속으로
죽은 새들이 떨어진다

낮과 밤이 구름의 행렬을 호위하고
여기와 세상의 병들이 이름을 얻을 때까지
왕국의 하늘은
그보다 멀지 않은 너머의 사라짐,

노래는 성벽을 부수고 당신은
모래의 문장을 옮겨 적는다

체크메이트

구름의 기사는
활과 현을 떨어뜨린다

하얀색 펜으로
백지 위를 달려가는

*

무너진 탑의 돌가루들
흑과 백의 기로에서 폐허가 자라나고

한여름의 불타는 정원에서
하계의 나무들이 시들고 있다

*

여왕의 그늘 속에서
왕은 죽었다

*

낙원은 닫힌 벽을 무너뜨린다

유령의 군단은 황무지를 떠나고
검은 물이 지류를 파고들 때

눈먼 돌의 고향에서
매가 돌아오고 있다

*

괴물이 가까이

있다 충분히 없이

석류 속에 움튼
동혈들

망치

망치는 부수거나 망친다

망치는 망치를 위해 침묵의 도구를 빌려 쓴다

벽 위에 걸쇠처럼 걸린 망치들
벽은 벽으로 쓰여지거나 무너진다

도구의 이름을 벗고
망치는 떨어져내린다

망치는 주인 없는 도구들을 분해하기 위해
파괴의 도구를 빌려 쓴다

도구는 아무것도 망치지 않고
잔해들은 떨어져내린다

당신은 중지되고 당신처럼 망치를 손에 쥔다

벽을 눈앞에 두고 망치는
당신을 빌린다

망치는 망치의 것들이고 것들을 망치거나 부순다

벽은 무너지고 벽은 솟아오른다
망치는 쓰여지고 망치는 파괴하는 도구의 이름으로
떨어져내린다

침묵을 망치는 붕괴의
붕괴,

아무것도
빈손으로 남지 않는다

날개 감옥

나는 난다
날으는 것들은 내가
아닌 나라는 걸
안다

나는 나른다
나르는 내가 감옥이
아닌
날개라는 걸
모른다 그러므로
난다

창문은
감옥을 위한 날개
당신은 안다

사라진 당신은 당신이
아닌 날개, 나를 위한 감옥

날개는 그러므로
날지 않고
나는 당신을 위해 사라지는
틈,

당신은 난다
날으는 것들은 내가
아닌
날개라는 걸
나른다

서명

e

눈동자, 그것은 어쩌면 쓴다

p

상징의 반쪽을 나누었던 죽은 돌들이 죽음의 목구멍을 채
우고 있다

i

백지를 채우는 백치의 손가락을 따라 독자는 나를 발화
할 것이다

t

타오름을 쓰고 남은 재 어쩌면 그것이 타오르고 비문을 지
우며 허공 바깥으로 흘러갈 것이다

a

그것이다 갈고리 그것은 쓴다

p

빗장처럼 불을 가두며 너울거리는 입, 침묵이여

h

돌의 심장을 깨부수며 날개 불길이 자라날 때

공동으로 쓴다

극광의 재

북구의 하늘
에메랄드 극광의 주름들

밤의 검은 커튼을 열어젖히고
발광하는
미치고 없는 새,

서서히 비상하는
날갯죽지를 휘감으며
담쟁이덩굴이 초록의 허공을 흘러갈 때

얼룩은
말하지 않고
피어난다

서명의 잉크 자국으로 흘러내려가는 태양들
언어는 피어나지 않고
말할 것인가

검은 하늘, 물빛의 투명함으로 빨려들어가는
소실점을 향해
맹점은 닫히지 않는다

없는 사이
결빙된 신들

그곳으로 미치지 않는
극광의 새

극광의
재,

발생

  존재를 횡단하는 시간이며 부재의 형식으로 열리는 공간. 그것은 시를 쓴다. 당신은 시를 겪어내고 있었을 것이다. 누가 당신을 쓰고 있는지 시는 말할 수 없다. 당신이 어디에 있는지 당신은 묻지 않을 것이다. 신이 시간을 꿈꾸듯 시는 시간을 짓는다. 아무 말도 시작되지 않았고 그것은 침묵을 겪어낼 수 있었을 것이다. 당신이 열린다. 아무것도 열리지 않은 채 말함. 움직임의 시작. 당신은 그것으로 이행할 수 없다. 밤이 어두워지는 동안 흘러오거나 타오르고 흙으로 사라진다. 다시 밝아짐으로부터 시가 시작된다. 당신은 이미 겪어내고 있었을 것이다. 열림의 사이. 시간은 당신으로부터 흘러나온다. 이미 부재한 시가 당신을 꿈꾸는 동안 그것이라고 불리는 그곳에서 말함. 충분히 아무것도 말해질 수 없다. 모든 움직임이 시간을 쓴다. 한 편의 시도 존재한 적 없는 시. 있음. 그것이 열림으로 세계를 빠져나간다. 시간이 시작되었을 것이다. 태초에 힘이 있었다. 말함. 움직임의 시작. 밝음이 지속한다. 아무것도 지속하지 않음으로 불이 공간을 흘러내리고 세계를 겪어내고 있었을 것이 될 것이다. 그것은 사라진다. 빛. 있음으로 누군가 당신을 겪어내고 있는

2부

하얀 돌

공명

종소리

어두워진 황야

종소리

황금빛 구름 잿빛 까마귀

종소리 어두워진다

낡은 풍차의 언덕

황야는 어디로 가는지

파헤쳐진

길, 한 모금의 종소리

주인 없는 하늘의

빛

종을 떠난

목소리

돌의 선율

무너진 아치

잠겨 있는

수면

먼 음악에서 흘러오는

꽃잎들

돌가루

흘러내리는 돌의 심장

멀지 않은 어스름으로

멀어지는

꿈결들

대기는 적막을 기어오른다

벌거벗은 언덕 흔들리는

오디의

빛

들판 가까이 다다름으로

물과 빛을 뒤섞는 경계들의

떨림처럼

황혼

물길들

백야

가까이
멀어지듯 다가오는

평원을 스쳐가는 빛

지복
그리고 돌아오지 않는 삶,
당신은, 미치거나
미끄러진다

지금으로
돌아갈 수 없는 당신은
무엇인가

말 속으로 풀려나온
백지 위에서
내 목소리를 듣는 당신의
처음처럼

하늘은 손가락 끝에서 잠들고

피어나는

잿더미, 지복 그리고 더 많은
잿더미들

한낮의 성좌에서

질문은
당신을 허락하지 않는다

당신이 허락하지 않은 말들은
한 번의 덫과 또 한 번의
공백

한 장의 대화를
불 위로 띄워보냈고
한 장의 약속을 불 속으로 흘려보낸다

별들이 흘러가지 않는다

흐름을 죽임으로 죽음을 적는다
적음,
구원을 구원하는
죽임으로

불타버린 하늘을 공중으로 돌려보낸다

당신의 시선을 뚫고 나온
성좌들

약속처럼 메아리,
메아리가 돌아오지 않는다
들리지 않는 울음소리
불타고 남은 백지의 구멍 너머로
별들의 깜박임

흩어진 돌들을 세고
돌 부스러기를 얻는다

메아리 광대

어릿광대의 눈물처럼

다이아몬드, 다이아몬드
무뎌진다 무너진다

말문이 트이면 돌아오지 않는 말

가고 가고 갈수록
오고 오고 돌아온다

왕관에서 떨어진 핏방울
그 빛이 마르면 걸어가리라고,

부서진다 부셔진다
다이아몬드, 다이아몬드

눈부심으로 태어나는 바깥
눈물은 믿음처럼 타오르고

길 없는
길이 없다

목발 없이, 목발도 없이

말문이 사라지면
절뚝거리는

꽃 핀 나무 아래

우리가 마지막으로 내뱉어야 했던

관념의 오물들이 관념으로 뒹굴고 있다

흰빛, 부러진 나뭇가지 사이로

그것은 때때로 달아나고 미소 짓고 불을 가져온다

강물은 낮을 가로지르고 밤을 위해 잠들었다

돌무더기를 끌고 발자국을 지우며 물소리

들리지 않는 그곳으로 우리는 쓰러져야 했다

쓰여져야 한다 버려진 문장들은 구름의 뼈를 부수고

세상의 빈약한 나뭇가지를 부여잡을 것이다

들판을 거닐다가 굶주린 갈까마귀처럼

우리가 마지막으로 더럽혀야 했던 오지에서

꽃 핀 나무들이 자라나고 흰빛,

헤매고 충돌하는 유령의 관념들아

우리가 처음 버려져야 했던 우리처럼 떨어진다,

그곳으로 떨어지고 있다

순례

새벽의 유출, 씻겨 나온 돌멩이들

사막이 말라붙은 먼지 덩어리를 끌고 구름을 피워올린다

지면 가장자리로 어스름한 빛들이 흩어진다

가시덩굴이 추억을 기어가는 한낮의 사막

순례자들은 두 발바닥의 살가죽으로 지열을 덮는다

해골을 미끄러져 나가는 울음의 강으로

정신은 하늘에서와 같이 땅에서도 떠도는 이름,

생시의 어둠이 내려도 꺼지지 않는

눈꺼풀 뒤의 어둠은

닫혀가는 달

수수께끼의 사지가 머리를 휘감을 때
음악을 버린 귀들이 타오른다
그리핀, 눈동자를 닫아다오
심지는 하늘거리고 풍경이 휩쓸려가는
앉은 자리
몸을 걸치고 마음을 노동하는
인류, 미늘에 걸린
문장을 읽는다
닫아라 해독과 해몽의 철문이 떨어지고 백조, 놀란 물결들
잠자는 물들, 수면을 끌어당기는
발톱과 미몽의 그림자
여인이여 춤을 벗어 던진 공기의 너머,
너머 사라진 한 겹의 꽃불을
거두어가는

하얀 돌

우리는 끝내 온전한 꿈이 되지 못한다

빛 속에서 말이 걸어나온다

우리는 그저 빛이라고 묵묵히 발음한다

잿빛 구름의 행렬 우리는 말없이 뒤따르고

오직 괴로움만이 우리를 꿈꾸게 한다

우리는 사랑하고 온순한 짐승처럼 두려워한다

재빠르게 우리는 움직인다 나에게서 너에게로

너에게서 그것에게로 달아난다

혀를 집어삼킨 듯 중얼거리면서 하얀 돌 속의 길을 따라

굳어간다, 침묵으로 침묵을 깨뜨린다

검은 말들이 뚜벅뚜벅 그림자 밖으로 사라지는 동안

내일의 바람은 내일의 발자국을 지우고

우리는 으스러진 허공의 파편이 되어 꿈을 꾼다

우리가 그것에게로 가는 꿈처럼

끝내 온전한 파편을 꿈꾸지 못한다

사랑

너는
실핏줄 환히 비추이는
한 그루
빈 나무 허공을 밀며
꽃잎이 떨어진다

한 폭의 어둠을 찢고
서서히
하강하는 빛
출렁이는 잔광(殘光)에
기대어 지평선은
저만치
빈 가지 아래 흔들리고
흔들리기만 하고

나는
너의 꿈속에 박힌 한 그루
빈 나무
시간의 흰 이빨처럼
반짝이는
가지 끝에서 한 송이
꽃의 눈이 벌어지듯
깨어지는

저 환한 그림자들을
믿을 때까지
꽃이 무너진 허공중에
둥근 뿌리의 궁륭을
짓고 있네

납

납,

영광된 몸의 나머지

납의 몫을 버리고 떠나온 그대를 위해

납,

고막을 짓누르는 납골당의 목소리들

낭하의 끝 향기처럼

납빛의 얼굴들이 소용돌이치는

눈꺼풀 없는 눈동자

없는 부리에 사리를 물고 되살아난 짐승들

상자 속으로 녹아내리는

납,

낮을 가로지르며 넋이 증발하는 소리,

떠오르는 몸을 가리키는 손가락

그리고 남의 이름으로

모든 세기를 가로지르며 얼어붙은 혹성들

다섯, 넷, 셋, 둘,

남은

이것으로 다시 쇄도하는

납,

거울 속의 거울

무대
막이 오른다
광대들

검게 물든 문장으로
눈을 가리고

시위를 당긴다

거기,
가까스로,
기꺼이

여기가
그곳으로
멀어질 때
당신은

광원처럼
빗나가고,

빛나가는
광대의 시위

거울의 잔해

        사라지는

  존재의

엠블렘의 봉인

이미지는
시작할 수
없다
불처럼
당신은
대답할 수
없을 것이다 헐벗은 땅 위에
뱃가죽을 끌고 가는 눈먼 천사, 당신을
잃어버린 당신은
대답한다
기단으로
무너져가는
폐허에서
검과
부딪히는
검의 불,
전사가
아니라면
천사는
당신을
들어
올리지
못하고
파괴는
파괴를 시작할 수 없다
이미지는 불꽃처럼 순간을 가르지 못할 것이다

찌르고

가격하고

도려내는 기계들

피를 받아 흐르는 골짜기

미소 속에 갇힌 병사들은

투구를 벗고 창을 휘두른다

청동 구름 황금 사슬을 늘어뜨리는

빛살 문장은 칼날을 받고

구멍은 시선을 막는다

방패의 입구에서

포효하는 사자

부러뜨리고

튕겨내고

비켜선다

구원된 눈동자를 위한 수난곡

부러진 검을 일으키며
도래하는 헛것의 빛남으로 병사들은
환영을 환영한다

(구원된 눈동자의 소실점을 향해)

들판을 질주하는 망령들의 함성
북방으로 걷는 나무들처럼
국경은 오지를 밀어내고

부서진 망루 먹빛으로 말라붙은 천계의 악상들

(환영을 환영한다)

검은 궤를 적시며 흘러나오는
황혼,
천사들이 구름의 성벽에 기대어 흐느낀다
갑옷을 버리고
진홍빛을 빠져나가는 피의 선율들

(천사들이 병사들의 그림자에 기대어 흐느낀다)

병사들은 눈 속의 불을 쏟아버리고

꽃비처럼
떨어지는 하늘의 재를 먹는다
빛남에 맞서는 빛남의 맹목으로 공중에 멈추어 선 칼날
의 빛

(부러진 검을 일으키며 도래하는
헛것의 빛남으로)

아비규환을 찢으며 오선지를 채워나가는
핏빛 스타카토,
스타카토의 구멍들

(공중에 멈추어 선 노래의 불)

되돌아오는 빛남의 전조를 버리고
사랑이 눈짓할 때

유산들

주어는 없음을 살해하고
살아 있다 세계를 빠져나가는
주어의 소란이 궁창까지
흥건하고

(주여,) 투명한 무덤이여

보이지 않는 빛이 없으므로
말은 천지에 빛을 드리우고 잠들어 있다
맹목은 없음을 소환하고 주인에게
망령을 명령한다

(듣는 주어가 듣는다)
말함으로
있음을 살해하고 없음이 살아 있다
주인의 왕좌는 궁휼하고
말 없음으로 눈부신
말의 무덤

비밀이 형식이다

물질계를 남기고 음계가 무너진다
왕국의 하늘이

심장 속에서 타오른다

말해진 빛이 빛으로 말해지고
목소리를 빠져나간다
혓바닥을 강탈하고
이미 없음으로 이것은

명령을 망령한다

주여, 주어의 봉인이여

재를

되
살
아
나
라

일식

검푸른 하늘빛
번개처럼 금이 가는 어두운
석영의 뒷면으로
벌판이 달려간다

거대한 한 그루 나무
그림자, 펄럭거리고
창백한 빛의 잎사귀를 눈썹에 매단
저 눈먼 가지들

하늘에 정수리를 박고 거꾸로 자라나는 뿌리

한 점의 태양처럼
헐벗은 대낮의 시간들이
우두커니
멈추어 있다

기나긴 침묵의 순례를 마친 영원한 하루

빛을 등지고 선 저 나무는
너의 시선 속으로 사산아처럼
기어오르기 시작한다

꽃과 구덩이

눈을 위한 눈에는
눈이 없고
꽃에는 눈 꽃에는 이

눈에는 꽃
빛을 위한 구덩이

이빨을 위한 꽃처럼
눈에는 눈
이에는 이,
꽃은 피를 흘린다

꽃은 구덩이를 채운다

허공을 위한,
눈
허공을 삼키는,
입

허공을 물어뜯는 꽃,

꽃을 위한 구덩이

발화

1

구부러진

몸뚱어리가

척추에 꽂힌 해골을 끄덕이며 굽이치는

몸뚱어리가,

실핏줄을 휘감으며 쇄도하는

2

혓바닥의

불꽃으로 타버린 몸뚱어리가

왕관을 뒤집어쓴

몸뚱어리가

3

못박힌 채 내려앉은 무릎

구멍난 하늘과 말들이 짓누르는 황혼의 언약,

언덕의 저편

백골 가루 들이치는 지평선으로

한 몸뚱어리가,

죽음의 눈

나는 빛이다 입을 벌린 나의 눈
(그는 너를 집어삼킨다)

전-깃-줄 타는 호랑이여
나는 시선에 온몸을 열고
내장을 구겨넣는다

빛의 발톱이 세계를 할퀸다
호랑이 한 마리 정수리를 밟고
총총히 건너간다

(너는 죽음이야—생 가운데)
너는 죽음이야—죽음 가운데

그리고 하얀 불꽃들—
불붙는 심장의 꽃불 속으로 사라진다

정오의 태양은 목구멍 속으로 쑤셔박히고
타고 남은 재들이 입안에서 출렁거린다
나는 죽음이야 죽음 가운데

그는 나를 집어삼키고
몸안의 호랑이가 심연을 뱉어낸다

—너는 외눈박이였지
내가 나의 눈을 들여다보았을 때—

전-깃-줄 타는 호랑이여
너는 이 팽팽한 전선에서

죽지 않는 죽음을 씹어먹는다

추억의 형식

파도가 밀려오면
잠 속에서
노래를 기르는 기계들

익사체를 비추며
검은 물속에 흘러가는 하늘

헤아리지 마라 헤아리지 마라
메아리가 귓구멍을 막아도

얼굴이여
하얀 날갯죽지에 공중을 가둔
괴조를 본다

갈라지는 파도 소리,
잠 속에서 기계를 벗어두고
노를 저어라

잠들고 잠들어도 물결은 사라지지 않고
그치지 않는 하혈처럼
사라지는 물결들

노를 저어라 노를 저어라

메아리가 귓구멍을 막아도

기계는 익사체를 밀어내며
노래 부른다

침몰하는 하늘이여

만종

망령이 지나갔다

몰약처럼
시간은 머뭇거리며 익어가네

촛불이 꺼지고 모래시계가 뒤집힌다

일몰의 가르침, 천지사방으로
죽은 새떼가 날아다닌다

수사들이 망령의 벌판을 뒤덮는다

들끓는 여백을 활보하며 망령들은
망령의
탈을 벗는다

행간으로
늘어선 담벼락은 대답하지 않고

목소리를 타고
기어오르는,

통곡,

유일하거나 고요한 외침

텅 빈 종소리 속으로 걸어들어가는
수사들

저것은 미치고 비치는
망자들의 유산이라네

거울 속에서 당신은 순식간에 발광한다
성찬을 마치고
내버려진 빵의 살점처럼

모래의 경

사막의 페이지가 저문다
두루마리의 뒷면에서 장뇌가 타오른다

수직을 비켜가며 흘러내리는 굉음
돌이 떨린다 사그라지고
이글거리는 화염의 들판에서
전령을 읽는 정령들

검은 새들이 종소리를 물고
피어나는 말들의
무덤으로부터 연보랏빛을 넘어가는
하늘

귀머거리가 장밋빛 입술을 벌린다

엉겅퀴꽃이 피어나는 사이 누구나
재를 먹는다
그치지 않는 울음의 거울
모래언덕의 비유가 모래언덕으로 펼쳐질 때

노래는 사막을 딛고
불길을 기어간다

덫, 돛, 닻

덫, 나는 당신의, 돛
그러나 바람은 불지 않는다
녹물 흘리는 덫,
닻이 내려지고 눈물이
눈물의 심연에 정박하는 동안
당신이 붙들어 맨 돛
그러나 당신의 나는 덫
날아가는 덫 눈물 흘리는 닻
나는 떠밀려가고 돛을 밀며
떠내려가네 돛,
바람은 불지 않는다
덫이 사로잡은 구멍들
태양들,
검은 갈고리로 써 내려간 닻의 기록
덫의 첨단에서 미끄러지는
돛,
나는 당신의 기우뚱한 닻
그러나 바람도 불지 않는다
정박하는 돛 풀려나는 덫
말에 얽힌 몸의
닻, 나는 당신의,

온실효과

천 개의 파이프오르간을 빠져나온 구름들

귀먹은 순례자들이 노래하는 황혼이면

황금 두개골이 피어나는 소리

만 년을 견딘 지상의 얼음들에 금이 가고 있다

빙하 속에 갇힌 허공의 옥타브

들리지 않는 대지의 노래를 따라 새들이 날아간다

깊고 아늑한 소리의 구멍 속으로

소리 없이 세계의 어둠이 빨려들어간다

3부

겹침

재와 사랑

암흑이었다

모든 희망이 불타오른다

땅에 입맞춤하는 순간

당신은 우레일 뿐,

그 모든

당신일 뿐

징조

불 꺼진 숲속에서 버려진 이름들이 떨고 있다
머릿속에 희고 붉은 꽃잎들이 터지고
밤이 깊어도 검은 새는 노래하지 않았다
아무도 기억하지 않는 달빛처럼
길이 사라진 모퉁이에 수도원이 웅크리고 있었다
거울은 녹색 먼지를 머금고 빛을 뿜어내었다
그림자 하나 촛불 속으로 걸어들어가고
검은 별이 저녁의 식탁 위에 머무를 때

후생의 바다

눈 뜸과 깨어남 사이로
길거나 짧은 밤들이
구름 없는 나날처럼 끝이 아니고

혈관을 떠도는 극채색의 바다

몸을 가진 환상, 없거나 있음으로
잠 속에서 새어나가는 노을
음악을 기르는 짐승에게 젖을 물려준다

신의 항문은 십만의 태양들을 쏟아내고
핏빛으로
이미 멈추어 선 불꽃의 무덤이 후생의 바다 저편의
있음이 아니고

파랑을 젖히고 초록의 너울이 멎는다

망각의 서광처럼 이름 없는 맹수는
신의 깊은 잠 꼭대기에서 폭풍을 쏟아내고

검은 물빛 아래
후생의 기억이, 깨어남으로 표류하는
궁창의 하루를 배회한다

흐르지 않는 시야를 버리고
누군가 꿈의 낮을 밝히며 태양의 눈을 열람한다

풍랑과 고요의 밀어닥침만으로
음악은 머나먼 시간의 종착을 허락하고

번개, 소스라치는 나뭇잎들, 무덤을 가리키는 눈동자 속의
빛화살을 따라, 인간은 말을 타고 말이 되고
검은 숲을 기른다

마른번개가 그치고 붉은 산이 솟아오를 때

십만의 노래,
밀어닥치는 파랑들

육화
─끝의 시작

이 문장을 기다렸고
기다림은 이것을 적음으로
끝이 난다

이것처럼 끝이 나지 않는다

열어젖힘으로 열리는 문장을 기다렸고
이 문장처럼 기다림은 이것을
적음으로 기다린다

끝이 없다
기다림은 끝이 난다
문장은 기다리지 않는 것이다

여기가 이 밝음으로 열리고
기다림은
바깥이 없는 문장으로 여기에 있다

이것이 이 사람을 기다렸던
시간으로 끝이 난다

이것이 끝나지 않는 것이다

이 문장을 도래하는;
시작처럼

불면의 시간이

긴 밤이,

오직 밝혀지지 않은

어둠이 그대를,

한낮의 일렁이는 파도를 위해

굽이치는 햇빛의,

모음 속으로

아직 떠오르지 않은 어둠이,

그대를, 밝히지 않는

촛불의 흔들림

적막한, 불꽃의 일렁이는

파도를 위해

어둠, 오직 밝혀지지 않는

떨림의, 심장으로

오지 않은 밤이

그대를, 속삭이는 목소리

출렁거리는 물결

속으로, 불꽃 속으로

긴 밤이, 남아 있는 그림자를

덮는, 그대의

어둠이

기계는 기계를 모방한다

가리킨다, 당신은 (나를)
나는 당신을 (옮겨놓는다)

당신은 나를 기다리고
(잠재운다), 나는 당신을

당신은 나를 떠도는 공기
나를 (벌려놓는다), 당신은

(당신은 나를) 회복하고
반복한다, 나는 당신을

당신은 (나를) 가리킬 수 없다
나는 당신을 일으키지 않는다

당신은 나를 깨울 수 없고
겨냥할 수 없다 (나는 당신을)

당신은 나를 부르는 울림
목소리, (나는) 당신을 중얼거리는

나는 당신을 건너뛸 수 없다
(당신을) 건너간다, 나는

당신은 (나를) 방랑하고
번역한다, 나는 당신을

당신은 나를 추적하는 흔적
(나는 당신을 풀이한다)

오인한다, 나는 당신을
당신은 나를 해결하지 않는다

당신은 나를 지우고
(나는 당신을 연소시킨다)

당신은 발명하고, 당신을
되풀이한다, (나를) 나는

침묵의 복화술사에게

그렇게 당신은 말할 수 있었을 것이다

(복화술사는 말한다)

말할 수 있으므로 침묵한다는 말이나마
당신을 기다리던 당신의
말들에게 들려줄 수 있었을 것이다

(나는 중얼거린다)

그러므로 당신은 말할 수 없었다
당신은 말할 수 없으므로
침묵한다는 당신의 말을 믿었던 것

(복화술사가 나에게 물었다)

그렇게 당신은 침묵할 수 있었다
침묵할 수 있으므로
침묵한다는 믿음이 당신의
침묵을 당신에게 돌려주었던 것이다

(나는 입을 가진 존재이므로
침묵할 수 없는 것에 대해 침묵할 수 있다)

그러나 당신은 말하고 있었다
당신의 말들이 침묵하고 있으므로 침묵은,
당신의 말을 당신에게 들려주었던 것

(나는 그렇게 말한다)

그렇게 당신은 침묵하고 있었다
침묵할 수 없으므로 당신은
당신의 말을 침묵에게 돌려주었다

(복화술사가 입술을 움직였다)

당신이 말하기 시작했다

(존재의 구멍을 통과하는
말의 구멍들이 보이기 시작했다)

그렇게 당신은 말할 수 있었을 것이다

(입술을 물고 있는 허공의 입술들)

말하기 시작했으므로,

— 당신은 말할 수 있었던 것.

이명

새가 머물고 있다

새는 하얀 새를 따라
솟구치고
움켜쥐고 있던 공중을 놓아버린다

하얀 새는
하얀 새로 머물고 있다

새는 하얀 새 속으로 날아가고
하얀 새는 하얀 새의 창공을 벗는다

하얀 새의 흔적이
머문다

하얀 그림자

이 빛은 스스로 빛나지 않는다
내가 눈동자를 깜박일 동안
당신은 이 움직이는 폐허 안에 갇혀 꿈을 꾸게 된다
검은 구름들이 민둥산으로 다가온다
황혼과 새벽을 넘나드는 당신의 꿈들 사이로 빛은
잠들지 않는 생명처럼 빛날 뿐
구름 너머의 태양처럼
무너진 돌기둥들 사이로 떠오르는 이 빛은
소용돌이치고 있다
나는 당신의 폐허 안으로 기어
들어가고 빛은 이 움직이는 구멍 안에 갇혀
떨고 있다
당신이 저 타오르는 공중정원에서 깨어나는 순간
나는 마침내 폐허를 꿈꾸게 된다
꿈속에서 나는 움직이는 폐허 안에 갇혀 검은 구름들이
몰려오는
민둥산을 기어올라간다
그림자 돌들이 굴러내리고 바람이 폐허를 휩쓸어가면
나의 꿈들 사이로 빛은
잠들지 않는 생명처럼 빛날 뿐
당신이 눈동자를 깜박일 동안
눈동자 속에 갇힌 시선처럼 이 빛은
빛으로 현상하고 있다

스스로 떠오르고 있다

거울

십자가는
수직을 더듬고
하늘은
수평을 다듬는다

떠도는 승려의 발바닥
지구를 더듬고
먼지는
자갈을 다듬는다

꽃은 공기를 더듬고
침묵은 말을 다듬는다

당신은 나를 더듬는 천 개의 손가락
나는 당신을 다듬는 천 개의 눈동자

유령은
송장을 더듬고
죽음은
사람을 다듬는다

씨앗의 눈이
구름의 꽃나무를

뒤덮는다

스테인드글라스

폭풍 한 점 그대의 정수리 위로 피어나고
불타는 하늘의 재들을 바라봅니다
잿더미 속에 빛나는 보석들
그대의 비밀은 타오르지 않습니다
비밀은 그대를 가두지 않습니다
나는 상자를 열고 재를 모아, 비밀에게
내 것이 아닌 비밀을 보여줍니다

맹점 이후

아무 말도 없지는 않았을 것인데
누구나 이후에만 남아 이후로 존속한다

그림자의 주인이 없지는 않았을 것이다
누구에게나 시야의 영토가 주어졌을 것인데

이후는 어두움으로 어두움의 영토를 불러들인다
그러고도 아무 말이 없지는 않았을 것이지만

아마도 빛이 없음으로 존속한다
없음으로 누구나 이후에만 있고 이후로 사라지는

어두움이 누구에게나 없지는 않았을 것이다
이후로 지대는 시야의 열림을 추방한다

없지는 않았을 누구나 아무 말도 남아 있지 않았을
것인데 누구나 누구의 이후에 남아, 있다

아무것이나 빛으로 존속한다 아마도 아무 말도
존속하지는 않았을 것인데 아무나 아무것이나

서울역

광장에서 종소리가 열린다

우리는 다만 손상되고 마모되면서 여기 도착했다

광장을 가로지르는 발걸음 소리

우리는 낡은 구두를 신고 아주 서서히 사라지는 폐허를 산책한다

잿가루 날리는 경전처럼 눈이 그친 하늘

고철 불덩이 떨어지는 시가지 경비견들이 밤새도록 하얗게 짖어대고

물소리 끊어진 그곳에서 열차가 떠나면

폐허 위에 집을 짓는 우리의 잠 속에서

런던, 도쿄, 서울, 베를린, 라싸, 스톡홀름의 하늘이 흐른다

흐르는 별빛, 흐르는 강들, 우리는 물질의 꿈을 깨부수고

차디찬 돌덩이들이 암흑처럼 떠오른다

우리는 다만 벽돌을 쌓고 문을 내면서 서울을 통과하는
꿈을 꾼다

세계는 금빛으로 하늘 지붕들을 감싸고

깨어나면 우리는 다만 손상되고 마모되면서 벽을 쌓고

문을 연다

검은 돌

나는 그것이라고 말해졌다

그것의 처음 잿더미를 삼킨 바람,

빛을 버리지 않는 달의 연인이라고 말해졌다

태양이 식을 때까지 그것의 눈먼 불꽃이라고

말해졌다

달빛 가득 고인 진흙 항아리, 망자들의 언덕에서

나는 그것의 부스러진 이름이라고

말해졌다 그을음을 뒤집어쓴 모음들

검은 얼룩이 말한다

선홍빛 장미의 성채를 휘감아오르는 공기의 속삭임으로

모든 세계는 말하여졌다

쇠사슬을 끌고 별들의 시궁창으로 쏟아지는 그림자,

눈물 먹은 돌들이 말해졌다

그것의 빛이 태양을 삼키는 암흑의 사랑이라고

말해졌다

검은 얼룩이 말하여졌다

하현과 그믐 사이

기울어가는

하현달의 잔영들을 쓸어내리며

귓속으로 흐르는 사구,

삼나무 그림자

깨어나면

황금빛 정적으로

귀먹은 귀

외눈박이 거인은

그믐으로,

텅 빈 눈동자 속을 걸어나가고

아직 흘러오지 않은 그림자들

물길을 잠재우고

목마름이 차오른다

눈물

밤이 깊어갈수록
물결들은 잠잠해졌다

물밑에서 푸른빛이 달려나온다
물고기들이 달빛을 적시며 날아올랐다
그녀의 머리카락이 순간
출렁거리고
바람의 문장들 사이로 파도가 빠져나갔다

검푸른 하늘을 향해 가랑이를 벌린 채
그녀는 공기처럼 서서히
잠 속으로 미끄러져갔다

허벅지를 적시는 우윳빛 물결들
사이 밤은 태어나고
죽은 물고기들이 허연 배를 드러내며
떠오를 때, 물밑에서 그녀는
서서히 닫히는 조개처럼 상처 입는다

별빛이 허공에 걸려 신음하고
꿈이 깊어갈수록 그녀는 잠잠해졌다

흐물거리는 물의 몸을 벗고

심연 속으로, 흘러넘치는 푸른빛들
돌고래떼가 겹겹의 수면을 박차고 튀어오른다

눈물 속에서 해는 진주처럼 부풀어오르고
바다에 부드러운 금빛 융단이 깔리고 있다
그녀는 물빛 지느러미를 털고
수평선을 잡아당긴다
보자기처럼 팽팽한 하늘이 순간 우르르 쏟아진다

밤은 넘쳐흐르는 새벽빛처럼
바람 속으로 서서히 스며들어갔다

합창

당신은 서서히 밝아오는 대양의 수평선 주름으로 돛배를
띄운다
(그들이 수평선을 기울이며 그들의 노래를 쫓는다)

미지는 다함이 없는 무지처럼 물길을 열고 당신은 검은
노를 젓는다
(노래는 거품처럼 그들을 삼킨, 사방의
잠과 고요를 빠져나가고)

물마루가 파도의 건반을 주저앉히고 솟구치는 선율들
파도의 문장들을 뒤덮으며 너울은 펄럭이는 페이지들을
거슬러오른다
(그들은 그들 안에 물길을 열어 검은 노를 젓는다)

돛배는 노래 안에 표류하며 당신의 귀를 빌린다
(그들은 그들의 귀를 막는다)

노래가 메아리를 던져 당신을 부르고 노래는
귀를 막은 그대로 그들의 전 생애를 부른다

당신의 목구멍을 가득 채우며
소리 없는 대양이
쏟아져나오는

입맞춤

물빛이
눈빛의 고요한 흐름으로
넘실거리는 바다

햇빛이 팽팽한 수평선을
툭툭 끊어내고 있다

난바다 멀리
분홍빛 새들이 허공을 기울이고
숨을 들이마시자

바람 속 저 어두운 공중을 드나드는
새떼들 한꺼번에 몰려와

가슴속으로 푸른 절벽 하나
밀고 들어온다

너무 짙은 해변의 적막을 걷어내며
수만의 날개를 퍼덕이는

키프로스

새벽 거미의 붉은 눈
속에 흘러가는
구름

바닷가 교회
예배당을 흘러가는 파도 소리

성화 속에는 피가 흐르고
문지기는
덧문을 닫는다

태양의 언덕 입맞춤의 꽃봉오리

사랑하는 이름이 있어
낙원을 두고
낙하한다

청록색 바다
장미 향기를 따라간다

흰빛을 벗어두고

해설

그냥말
함성호(시인)

텅 빈 말의 내부

　20세기의 문학사는 인간의 말(言語)에 대한 불신의 시대였다. 두말할 것도 없이 철학도 거기에 같이 말려들어갔다. 동아시아에서는 이미 2500년 전에 심각하게 대두되었던 문제였다. 공자는 말을 바로 세우기 위해 천하를 떠돌았고, 노자는 말을 버리고 은둔했다. 우리 시문학사에서는 1980년대의 정치·사회적 상황 아래서 말을 생각하게 됐고, 90년대의 정치·문화적 혼선을 겪으며 2000년대에야 비로소 본격적인 말의 실험이 행해졌다. 이 실험은 아직도 진행중이지만 도대체 이 실험이 무엇을 위한 것인지는 아직도 모호하다. 한국어에 대한 실험인지, 말(言語) 자체에 대한 실험인지, 이미지의 실험인지, 사실, 이제는 '무엇을 위한' 실험이 과연 실험일 수 있느냐는 질문도 가능해진 정도다. 이렇게 들끓는 솥단지 안에서 나중에 무엇이 나올지 두고봐야 하겠지만, 아무래도 서유럽의 경우와는 많이 다를 것이다. 루이스 울프슨(Louis Wolfson) 같은 명백한 정신병리학적인 글쓰기를 제외하곤 사뮈엘 베케트(Samuel Beckett), 앙투안 아르토(Antoine Artaud), 마르셀 프루스트(Marcel Proust) 등이 말에 상당한 충격을 가했지만, 그들은 적어도 이미지를 버리지는 않았다. 프란츠 카프카(Franz Kafka)의 경우에서 보이듯이 그들에게는 '모어(mother tongue)'라는 것이 모호하고, 모어는 억압 자체이기도 했다. 말은 사회 구성원

간의 약속이다. 말의 체계 안에는 그 사회의 규범과 역사가 들어 있다. 그 사회의 말을 쓰는 것은 싫든 좋든 그 사회의 규범과 역사에 매여 있다는 뜻이다. 20세기 초 서유럽의 작가들은 이 억압에 저항했다. 그 저항의 가장 흔한 경우가 여러 말 사용자로서 모어를 해체하고, 모어의 바깥에서 모어에 충격을 가하는 것이었다. 즉, "체코에 사는 유대인인 카프카는 독일어로 작품을 썼다"라는 문장에는 카프카가 썼던 세 개의 말이 나온다. 체코에서 터전을 이루었으니 당연히 체코어를 썼을 테고 유대인이니 이디시어를, 그리고 앞의 두 말은 그렇지 않을 수도 있었겠지만, 분명히 카프카는 독일어로 소설을 썼다. 그들에게는 처음부터 모어에 대한 타자가 있었다. 그들은 말의 억압에 대해 다른 말로 저항했고 거기에서 새로운 이미지의 충격을 꾀했다.

그러나 한국어의 실험은 서유럽의 예와는 좀 다른 결과를 가져올 듯하다. 왜냐하면 우리말의 타자는 어쩐지 우리말 속에 이미 다 들어와 있기 때문이다. 한자와 일본 한자는 우리말 속에 깊이 뿌리박고 있는 타자 아닌 타자다. 그리고 우리는 100년 전까지는 글을 쓸 때 입말과 완전히 다른 문법체계를 썼다. 말로는 '밥을 먹었다'라고 하고, 글로는 '먹었다 밥을(食食: '식사'라고 발음한다. 밥이 명사일 때 '食'은 '사'로 읽는다. 지금 우리가 쓰고 있는 '食事'라는 말은 일본 한자다)'이라고 써왔다. 말하자면 영어로 말은 못하는데, 영어로 글은 쓸 줄 알았던 것이다. 또한 일제 강점기에는 일본 번역어를 통해 서양의 개념어들이 물밀듯이 들어와 우리말에 자리잡았다. 우리가 지금 쓰고 있는 말 중에서 사회, 인문학, 공간, 개인, 연애, 존재, 자연, 권리, 자유 등은 모두 일본이 서양의 문물을 받아들이면서 만든 번역어들이다. 한국어는 번역어의 성립이라는 과정을 한 번도 거치지 않았기 때문에, 한국어는 내부가 텅 빈, 타자의 언어가 되었다. 내부가 비어 있으므로 저항할 대상이 없다. 더군다나 일본 번역어는 원래 텅 빈 내부에 헛자아를 이식하기까지 했다. 열등감(劣等感)이라는 말이 대표적인 예다. 영어의 'inferiority complex'를 번역한 이 말은 아주 개인적인 심리적 현상을 뜻한다. 그런데 이 말이 사무라이와 조닌이라는 일본의 특수한 계급구조에 적용되어 치유될 수 없는 사회적 갈등을 뜻하게 되었다. 사실 조선의 신분제도는 양반이라 하더라도 4대에 걸쳐 생원진사시에 급제자를 내지 못하면 평민으로 전락하는 유동적인 구조였다. 열등감이라는 단어가 한국에 들어오면서 일본식의 열등감을 만들어낸 것이다. 이렇게 타자의 말은 한국어의 텅 빈 내부에 들어와 없던 현상을 만들어내기도 한다.

한국어의 이 텅 빈 내부는 끊임없이 바깥에서 호명된다. 그리고 잠시 머무는 듯하다가도 계속 미끄러지며 빠져나간다. 당연히 한국어는 의미를 포착하기보다는 흩뿌리고, 꼭 짚기보다는 두루뭉술하다. 내가 말하고자 하는 말은 말의 바깥에 있다. 이것이 20세기 초 서유럽의 언어가 도달하려

했던 자리일까? 아무리 그렇다 하더라도 문학은 당연하다고 여겨지는 삶의 뿌리를 흔들어놓기 마련이다. 모어의 규범과 강제(그것이 없을 수도 있는 공허까지도)에서 벗어나기 위해 우리의 시는 어떤 저항을 할 것인가? 그런 점에서 2000년대 우리 시는 앞에서 얘기한 한국어의 특징을 더 강화하는 쪽으로 나아갔다. 이미 외국어인 한국어를 외국어처럼 보이게 하는 게 어떤 효과가 있었을까? 의미가 흩뿌려진 한국어를 지극히 부족적인 언어처럼 자폐적으로 보이게 하는 게 무슨 충격을 줄 수 있었을까? 텅 빈 자리를 대상으로 언어에 대한 탐구를 해나간다는 것이 얼마나 공허한 일인가? 이 모든 헛손질은 스스로가 하는 말에 대한 고민 없이 타자의 경우를 답습하여 얻어진 꼴이었다.

말, 의미가 아닌 대상(object)으로

옛 동대문운동장 터에 새롭게 들어선 동대문디자인플라자 건물을 보면 건축은 점점 조각을 닮아가고, 조각은 점점 건축을 닮아가고 있는 듯하다. 서로가 서로에게 베끼고 싶은 것이 있다는 건 바꾸고 싶은 욕망이 있다는 것이다. 주원익이 시를 바라보는 시선에도 이러한 욕망이 있다.

서유럽의 관점에서 예술과 철학은 플라톤 이후 다양한 관계 변화를 겪었다. 알랭 바디우(Alain Badiou)는 이 변화를

네 가지로 요약했는데, 정확히 얘기하자면 진리라는 문제를 중심으로 예술과 철학의 입장을 경우의 수로 정리해본 것에 가깝다. 첫째는 플라톤의 입장으로 예술은 진리를 생산할 수도 없고 모든 진리는 예술 바깥에 있다는 주장, 둘째는 예술만이 진리를 담을 수 있다는 입장, 셋째는 예술은 진리와는 별개로 존재한다는 입장, 그리고 넷째는 바디우의 입장으로 예술은 자체에 진리를 갖고 있지만 예술 외의 다른 영역에서 이 진리는 동일하게 적용되지 않는다는 입장이다. ……사실, 여기서 이러시면 안 됩니다, 라고 얘기하고 싶은 심정이다. '여기'라는 것은 물론 동아시아의 지식 전통을 뜻한다. 동아시아에서 진리 개념은 없다. 도(道)라는 것은 진리가 아니라 방법에 가깝다. 절대적인 신도 없고, 모든 것은 변한다고 생각하는 사람들은 당연히 과정, 즉 여기에서 거기까지의 과정을 중요하게 여기게 된다. 여기에서 거기까지 어떻게 가느냐, 하는 문제가 동아시아의 철학이다. 당연히 동아시아의 시에서는 진리 개념보다 '스스로 그러하게 되는' 자연(自然)의 길을 어떻게 삶의 문제로 가져오느냐 하는 것이 중요했다. 이는 비단 시만이 아니라 동아시아 예술과 철학 전체를 꿰뚫고 있는 정신이다. 동아시아에서 철학과 시, 그림은 진리 개념이나 여타의 주제로도 구분되지 않는 서로 다른 길(道)일 뿐이다. 그 길이 가닿는 곳 역시 다 다르다. 또 변한다(易).

주원익의 『있음으로』에는 정확한 시도와 실패한 시가 있다. 문장의 의미 관계를 지우고자 말(言語)을 오브제(ob-ject)로 삼았다는 분명한 의도가 보인다는 점에서 그의 시도는 정확했고, 그로 인해 그의 시는 실패했다. 주원익은 처음부터 이 실패를 예상했다.

우리는 끝내 온전한 꿈이 되지 못한다

빛 속에서 말이 걸어나온다

우리는 그저 빛이라고 묵묵히 발음한다

잿빛 구름의 행렬 우리는 말없이 뒤따르고

오직 괴로움만이 우리를 꿈꾸게 한다

우리는 사랑하고 온순한 짐승처럼 두려워한다

재빠르게 우리는 움직인다 나에게서 너에게로

너에게서 그것에게로 달아난다

혀를 집어삼킨 듯 중얼거리면서 하얀 돌 속의 길을 따라

굳어간다, 침묵으로 침묵을 깨뜨린다

검은 말들이 뚜벅뚜벅 그림자 밖으로 사라지는 동안

내일의 바람은 내일의 발자국을 지우고

우리는 으스러진 허공의 파편이 되어 꿈을 꾼다

우리가 그것에게로 가는 꿈처럼

끝내 온전한 파편을 꿈꾸지 못한다

—「하얀 돌」 전문

"끝내 온전한 파편"도 되지 못하고 마는, 꿈일 수조차 없
는 꿈. 주원익은 이번 시집에서 끝없이 지워나간다. 말하고
지우고, 말하고 지우고, 그는 지우개로 시를 쓰는 시인이다.
그 지우개가 완성을 위한 행위의 지우개가 아님을 기억하
자. 만약 그랬더라면 그의 시는 완벽하고 완전한 단 한 편
의 시로 남았으리라. 그러나 그의 지우개는 놀랍게도 지우
는 대상과 같은 말이다. 그는 말로 말을 지워나간다. 이것은
먼저의 말을 부정하는 것과는 차원이 좀 다르다. 부정이든
긍정이든 그것은 새겨지는 것이다. 부정도 하지 않고 긍정

도 하지 않으며 말을 지워나가는 말은, 말이 말을 덜어낼 때 생긴다. 그렇다면 말이 말을 덜어낼 수 있을까? 마치 우리가 바둑판 위에 놓인 돌을 하나씩 집어낼 때처럼 그렇게 말이다. 말은 말을 부정할 수 있을 뿐이다. '나는 아무 말도 하지 않았다'고 말할 수 있을 때, 말은 시간의 연속성 위에 남아 있다. 말이 말을 덮을 때는 그것이 행위로만 남을 때다. 즉 말하지 않는 행위로 남아 있을 때뿐이다. 바둑판 위에서 돌을 걷는 행위가 바둑판을 비우듯이 시에서 그것이 가능한 경우는 '시'가 아니라 '시 같은' 행위를 통해서일 때다. 주원익은 이 행위를 '시'에서 감행한다.

　주원익은 이 행위를 수행하기 위해 제일 먼저 말(言語)을 돌이나 밥그릇, 신발과 같은 오브제로 만든다. 시가 말을 쓴다면, 미술은 이러한 사물들을 1차 대상(object)으로 삼는다. 그리고 그것을 모방하거나, 재배치하거나, 행위를 가한다. 미술에서 오브제는 1차 언어와 같다. 그것을 주원익은 시에 도입한다. 신발, 바위 같은 것은 사물이다. 이것이 대상화되기 위해서는 그 사물들에 일정한 의미작용이 일어나야 한다. 말하자면 느낌이 일어나야 한다는 것이다. 미술로 치자면 주원익의 지워나가기, 혹은 거둬내기는 설치미술(installation)에 가깝다. 우리는 그저 빛이라고 묵묵히 발음한다—빛의 찬란이나, 빛의 어떤 상태, 빛의 의미를 말하는 것이 아니라 묵묵히 빛이라고 발음함으로써 주원익은 빛을 혹은 문장을 사물화한다. 미술이 사물에서 느낌을 받아 의미

작용을 일으켜 오브제화한다면, 주원익은 이미 의미작용을 자체적으로 굴리고 있는 말을 사물화함으로써(사물화의 의도를 드러냄으로써), 말을 오브제화한다. 이것은 '그냥 말'이 아니라 '그냥말'이다. "재빠르게 우리는 움직인다 나에게서 너에게로// 너에게서 그것에게로"—우리는, 나, 너에게서 '그것'에게로 달아난다. 이렇게 말을 오브제화하면서 잃는 것은 당연히 의미다. 따라서 문장은 체인이 풀린 자전거 페달처럼 겉돈다. '내일의 바람은 내일의 발자국을 지우고'와 같은 상투적인 문장은 그 무엇도 환기시키지 않는다. 결국 작정하고 이 시에서 바둑판에서처럼 돌을 거둬내자면 하얀 돌밖에 남지 않을 것이다. 다시 오브제로 돌아오면, 그 돌마저도 온전한 파편이 되지 못할 때에야 이 시는 비로소 재배치된 말의 경험을 독자에게 준다. 물론 그 경험은 텅 비어 있다. 텅 빈 한국어의 내부가 이렇게 해서 드러난다. 그것이 주원익의 실패다.

그림의 사유(想像)

말을 대상화하고 대상화된 말을 배치하며 만들어진 풍경 속에서 시인은 어디에 있는 것일까? 본 것에 대해 말하는 시인이 있고, 상상하는 것에 대해 말하는 시인이 있다. 상상으로 치자면 본 것을 상상하는 시인이 있고, 말해진 것을 상상하는 시인이 있다. 모두 그림의 작용이다. 그림의 작용이 있고, 그다음에 말이 있다. 과연 인간은 언어로 사고할까? 대부분의 정보를 시각으로 얻는 인간이 유독 사고는 언어로 한다는 건 좀 이상하다. 인간의 사고는 말 이전에 그림이다. 상상(想像)이라는 단어는 (코끼리의) 꼴을 떠올린다는 뜻이다. 이 꼴이 그림이고 인간은 그림을 떠올리면서 설명과 묘사가 이루어진다. 즉 사고는 말이 아닌 그림(사고의 모델)이 먼저 만들어져야 논리가 선다.

　플라톤이 논증적 사유(dianoia)의 형태를 띠지 않는, 예술의 직접적인 성격을 두고 거짓 진리라고 한 것은 '그림의 사유(想像)'에 익숙한 동아시아의 전통에는 해당되지 않는다. 즉 동아시아에서 철학과 시는 그림의 사유로 연결되어 있어 서로 대립되지 않는다(동아시아의 회화에서는 글과 그림이 같이 간다). 따라서 본 것에 대해 말하는 시인은 상상하는 것을 말하는 시인이기도 하다. 또한 본 것을 상상하는 시인은 말해진 것을 상상하는 시인이기도 한 것이다. 결국 모두 같아진다. 서로 살짝 다른 이 네 가지 층위들이 같아진다는 것은 단일해진다는 것이 아니라 서로 변한다는 것이다(易). 동아시아 회화에서 완성된 그림이란 없다. 화가가 그림을 다 그리면 거기에 그림을 그리게 된 내력을 적는데, 시 같은 것은 다른 사람이 적을 수도 있고, 감상자들도 그림에 참여하여 자신이 느낀 바를 적을 수 있다. 〈몽유도원도(夢遊桃源圖)〉는 안견이 그렸다. 이 그림은 안평대군의 꿈(그림)을 듣고(말) 안견이 그림으로 표현한 것이다. 이 그림의 양쪽으로 안평대군의 제서와 시 한 수가 적혀 있고, 거기에 더해 신숙주, 정인지, 박팽년, 성삼문 등 당대의 내로라하는 인사들 20여 명의 찬문이 그들의 친필로 쓰여 있다. 그렇기 때문에 〈몽유도원도〉를 보면 미술사, 문학사는 물론, 서예사, 당대의 정치적 인맥까지 알아볼 수 있다. 동아시아의 그림은 화가가 낙관을 찍음으로 끝나버리는 것이 아니라 계속 진행된다. 그것은 완성을 향해서 진행되는 것이 아니다. 계속적인 행위를 위해서 텅 비어 있는 것이다. 시인은 이 텅 빈 내부에서 메아리로 존재한다.

어릿광대의 눈물처럼

다이아몬드, 다이아몬드
무너진다 무너진다

말문이 트이면 돌아오지 않는 말

가고 가고 갈수록
오고 오고 돌아온다

왕관에서 떨어진 핏방울
그 빛이 마르면 걸어가리라고,

부서진다 부서진다
다이아몬드, 다이아몬드

눈부심으로 태어나는 바깥
눈물은 믿음처럼 타오르고

길 없는
길이 없다

목발 없이, 목발도 없이

말문이 사라지면
절뚝거리는

—「메아리 광대」 전문

한국어의 문법체계에서는 어순에 상관없이 의미가 통한다. '나는 밥을 먹었다'라는 문장을 예로 들어보자. 이 문장은 '밥을 나는 먹었다' '먹었다, 나는 밥을'과 같이 어순을 바꿀 수 있다. 각 어절을, 나는=A, 밥을=B, 먹었다=C로 치환할 때, ABC라는 문장은 ACB, CBA, CAB, BAC, BCA, 모두 여섯 가지의 문장으로 재배치될 수 있고, 모두 의미가 통한다. 교착어(agglutinative language)의 이와 같은 특징으로 한국어의 조합은 열려 있는(open set) 위상구조라고 할 수 있다. 위상기하학에서 같다는 말에는 유클리드 기하학에서 다루는 거리가 빠져 있는 것처럼, 한국어의 문법체계에도 정해진 자리는 없다. 그래서 한국어에서는 어휘 형태소가 얼마든지 자리를 이리저리 옮겨가며 다른 효과를 내는 것이 가능하다. 주원익은 「메아리 광대」에서 대상화된 말을 이리저리 배치하여 어릿광대의 눈물로 연상되었을 다이아몬드의 자리를 만들어간다. 이 시의 연상 조합은 무한히 열려 있다. {눈물} {다이아몬드} {말문} {가고} {오고} {왕관} {핏방울} {무뎌진다} {무너진다} {부서진다} {길} {목발}이 각각 독립적 집합이며 이웃들이다. 이 조합은 어떻게든 이루어진다. 이 이웃들의 합이 다시 이웃이 되고, 이 이웃들의 유한 교집합 역시 다시 이웃이 된다. 이 배열과 배치의 관계에서는 "부셔진다"라는 없는 말까지도 수용된다. 그리고 무엇보다도 "말문이 사라지면/ 절뚝거리는"이라는 이상한 문장이 마지막으로 성립되는 우연을 보여준다. 어휘 형태소들을 한꺼번에 보자기에 넣고 털어도 여전히 이 시는 성립한다. 모든 형태소들이 이웃해 있는 열린 조합이기 때문이다. 시란, 토씨 하나 더하고 덜하기에 따라 그 의미가 완전히 달라진다는 고정관념은, 주원익에게는 더이상 유효하지 않다. 이것이 주원익이 한국 시에 던지는 이의 제기고 도발이다.

주어는 없음을 살해하고
살아 있다 세계를 빠져나가는
주어의 소란이 궁창까지
흥건하고

(주여,) 투명한 무덤이여

보이지 않는 빛이 없으므로
말은 천지에 빛을 드리우고 잠들어 있다
맹목은 없음을 소환하고 주인에게
망령을 명령한다

(듣는 주어가 듣는다)
말함으로
있음을 살해하고 없음이 살아 있다
주인의 왕좌는 궁휼하고
말 없음으로 눈부신
말의 무덤

비밀이 형식이다

물질계를 남기고 음계가 무너진다
왕국의 하늘이

심장 속에서 타오른다

말해진 빛이 빛으로 말해지고
목소리를 빠져나간다
혓바닥을 강탈하고
이미 없음으로 이것은

명령을 망령한다

주여, 주어의 봉인이여

재를

되
살
아
나
라

—「유산들」전문

동아시아 종교에서는 절대적인 신(神)이 없다. 한국어, 중
국어, 일본어에서는 왕왕 주어가 생략된다. 특히 한국어는 주

어가 쓰이는 것이 오히려 부자연스러울 경우가 많다. 한국어에는 정관사 부정관사가 없으며, 명사나 형용사의 성·수 구별이 없고, 주어는 물론 목적어 대명사도 자주 생략된다. 주원익의 오브제들은 이 열린 조합들의 모든 이웃이다. "주어는 없음을 살해하고/ 살아 있다 세계를 빠져나가는/ 주어의 소란이 궁창까지/ 흥건하고// (주여,) 투명한 무덤이여"에서 {(주여,)}는 {주어}의 이웃이다. 이것은 {(주여,), 주어}의 집합이 아니므로 이 둘은 어디든지 가서 이웃이 될 수 있다. 이를테면, {주인}과도 이웃이 될 수 있고, {명령}과도 이웃이 될 수 있다. 이 자유로운 오브제의 조합들을 통해 주원익의 시가 얻는 것은 "비밀이 형식이" 되는 재배치, 재배열이고, 잃는 것은 문장이다.

과연 모어(母語)는 위안일까? 모어는 그 사회의 규범과 명령을 강제한다. 그 명령에 저항하는 것이 시다. 이 모어의 명령을 다른 것으로 바꾸어버리는 말의 수행이 시다. 주원익은 이러한 시의 수행을 가장 잘 알고 있는 시인들 중 하나다. 그가 문장을 버리면서까지 비틀고 싶었던 모어의 명령은 이제 다른 장롱 속에서 망령으로 붙어 있는지도 모른다. 아는 것보다 더 많은 말을 가진 시인이 있다. 그리고 가지고 있는 말보다 더 많이 알고 있는 시인이 있다. 아는 것보다 더 많은 말을 가지고 있는 시인은 행복하다. 그러나 가지고 있는 말보다 더 많이 알고 있는 시인은 불행한 만큼 영원히 시를 쓰게 될 것이다. 그것이 꼭, 시의 형식이 아니더라도, 형식으로 드러나는 시가 아니더라도 말이다.

주원익 1980년 서울에서 태어났다. 서울예술대학교 문예
창작과를 졸업했다. 2007년『문학동네』로 등단했다.

문학동네시인선 064

있음으로

ⓒ 주원익 2014

1판 1쇄 2014년 11월 10일
1판 2쇄 2022년 4월 6일

지은이 | 주원익
책임편집 | 김형균
편집 | 곽유경 김민정
디자인 | 수류산방(樹流山房)
본문 디자인 | 유현아
마케팅 | 정민호 이숙재 한민아 김혜연 이가을 안남영 김수현 정경주 이소정
브랜딩 | 함유지 함근아 김희숙 정승민
제작 | 강신은 김동욱 임현식
제작처 | 영신사

펴낸곳 | (주)문학동네
펴낸이 | 김소영
출판등록 | 1993년 10월 22일 제2003-000045호
주소 | 10881 경기도 파주시 회동길 210
전자우편 | editor@munhak.com
대표전화 | 031) 955-8888 팩스 | 031) 955-8855
문의전화 | 031) 955-8895(마케팅), 031) 955-2679(편집)
문학동네카페 | http://cafe.naver.com/mhdn
북클럽문학동네 | http://bookclubmunhak.com

ISBN 978-89-546-2623-1 03810

* 이 책은 '2013 아르코문학창작기금'의 지원을 받았습니다.
* 이 책의 판권은 지은이와 문학동네에 있습니다. 이 책 내용의 전부 또는 일부를 재사용
  하려면 반드시 양측의 서면 동의를 받아야 합니다.

잘못된 책은 구입하신 서점에서 교환해드립니다.
기타 교환 문의: 031) 955-2661, 3580

www.munhak.com

문학동네